Desnuda

Rey, Silvia (1968)
Desnuda [paperback]

1a ed. – New York: Five Points Publishing, 2025: 112 p.: 8 x 5
inches.

ISBN: 979-8-9991142-2-8

Desnuda

250 East 34th Street, New York, NY 10016
USA

Diseño de portada: Natalia Vásquez
Editora: Yanuva León

Primera edición: Noviembre, 2025.

Desnuda

Silvia Rey

FIVE POINTS

SHIRT TAILS
colección de poesía

En cada comienzo
vive una magia interna
que nos protege y nos ayuda
a vivir.
Herman Hesse.

La poesía de Silvia Rey se despliega como un viaje íntimo hacia la memoria, el amor y la vida cotidiana, donde lo personal se entrelaza con lo universal. Con un lenguaje claro y emotivo, sus versos transmiten la fuerza de las emociones y la belleza de lo sencillo. Este poemario invita a detenerse, a escuchar las resonancias del recuerdo y a dejarse llevar por imágenes que conmueven y liberan.

LAURA SABANI
Poeta y narradora

«Una risa contagiosa que brota del alma de un amanecer sin lluvia», así es la poesía de Silvia Rey. Esta colección poética muestra a una mujer tierna y poderosa, rebelde, dueña de su destino. Hay aquí una mirada sobre la nostalgia, la naturaleza, la maternidad, la migración, la pasión y el dolor por la vida. Sencillamente, este es un libro hermoso.

ELSSIE CANO
Escritora
Editora de la revista *Hybrido* en New York

En *Desnuda*, Silvia Rey utiliza la memoria y el espejo como fuente y recurso para construir su discurso poético, emprendiendo así un viaje hacia las profundidades del ser. Con una mirada cruda y valientemente honesta, recupera y amalgama fragmentos de vida que revelan tránsitos dolorosos. El lenguaje se convierte en un espacio especular y reflexivo donde la voz poética se redefine, forja su identidad y emerge fortalecida de la ruindad y la miseria humana, aferrándose a la única razón válida de su existencia: el amor. La poesía actúa como refugio y bálsamo, permitiendo a la poeta descubrir la oportunidad de «[trasladarse] en el túnel del tiempo / a los antes y después de su existencia / para reencontrarse consigo / para abrazarse desnuda / para reinventarse como tantas veces».

MARGARITA DRAGO
Poeta y narradora

En *Desnuda*, Silvia Rey se despoja de los miedos y nos invita a problematizar, sin reticencias, las ideas introyectadas y concebidas como verdades absolutas en la interacción humana. Al hacerlo, el lector es testigo de ese laberinto en el que se dan la mano la pérdida, el dolor y la fortaleza, en un frente que le procura al hablante poético una suerte de salida en la que se vislumbra la ocasión para un nuevo comienzo. Estos poemas, como dos caras de una misma moneda, representan el desamparo y el refugio para quienes buscan entender las complejidades de la vida y el poder transformador del amor.

JUANA M. RAMOS
Poeta y narradora

Índice

Al filo del abismo me encontré
y me amé…

NIÑA

El mar y yo

He vuelto a la orilla de mi mar
he observado las aguas turbias
tornarse cristalinas.

He caminado por la playa solitaria
de mi alma
me he reencontrado
persiguiendo pájaros
volando cometas
jugando con niños
en el parque.

He guardado silencio
bajo la caída del sol
he visto tu rostro entre esas luces
en la superficie de las aguas cristalinas del mar
mi mar.

Gaviota mía

Como el vuelo de la gaviota
semialto
un tanto perdido
así mi alma siente
flotando en aguas
a orillas de un mar desconocido.

Te fuiste apagando
sin quejido
esperando la última luz
de tu amor infinito.

Llegó a oscuras y su voz
fue la lírica que te abrió
la puerta a un mundo de paz
de silencio fidedigno.

Allá te fuiste
gaviota mía
allá me esperas
con un suspiro.

La cometa, mi papá y yo

La cometa de Frankie Ruiz se parece
a la que volaba de niña.
Papá me acompañaba por las calles polvorientas
me ayudaba a escalar el cerro más alto
la cometa se elevaba hasta su punto máximo.

Me cogía de la mano
o me trepaba en sus hombros
desde donde miraba todo pequeño
lejano
desconectada de la realidad
de la dimensión tangible.

Su risa tenía el eco del sonido maravilloso de sus
                                             guitarras
notas musicales que no aprendió en la escuela
que descifraba como el mejor de los artistas
con su oído agudo
las agolpaba en su mente
las clasificaba en su corazón
las digería por su boca

salían expulsadas a través de sus dedos mágicos
que sembraban cacao durante el día
y en la noche acariciaban cuerdas musicales
convirtiendo en sinfonía los sonidos del viento.

Corríamos detrás de la cometa
como persiguiendo sueños,
vidas perdidas,
amores prohibidos
queriendo atrapar en nuestros corazones
retazos de felicidad que la cometa nos dejaba
mientras se alejaba en el infinito.

Momentos efímeros.
Si en esa prisa por sostener la cometa
hubiera percibido que tu vida también llevaba
                                        prisa
que el monstruo silencioso que todo lo destruye
anidaba en tu cuerpo
hubiera dejado ir la cometa
te hubiera abrazado más
te hubiera besado más
te hubiera escuchado más
hubiera puesto más atención a la sinfonía perfecta
que creaban tus dedos

y a ese mirar profundo de tus ojos
negros
atrapado en la oscuridad de tus sueños.

La cometa de Frankie Ruiz me recuerda a mi
pueblo
me recuerda tu sonrisa
tu música
tu ausencia.
El vuelo de la cometa entre las nubes
sabe a nostalgia
a los años que pudimos haber volado más cometas
y no pudimos.
El tiempo nos quedó corto
la vida se extinguió en tu ser
la cometa se perdió
en el infinito
nunca volvió.

La luciérnaga y la bicicleta

El brillo de la luciérnaga
iluminó el grito de la noche
y las ruedas vacías de la bicicleta
ancladas en la tierra movediza de la nostalgia.
No llores
dijo la luciérnaga
el mar te devolverá la ilusión.
No lloro por amor
contestó la bicicleta
lloro para que mis lágrimas
aligeren mi paso por la tierra.
No temas
yo te alumbro con mi luz
dijo la luciérnaga.
Tu luz me enceguece
me recuerda que no soy nada más que fierros
atados a una cadena oxidada
atrapada en un laberinto de esperanza.
Ven
sigue mi luz
querida bicicleta.

No

yo ruedo al ritmo de mi corazón

y mi corazón está herido.

Vete luciérnaga

alumbra el camino de otras almas

déjame anclada en el mar de los recuerdos.

Cuando vuelvas

aún me encontrarás

suspirando por tu regreso.

Adiós bicicleta

yo volveré

mi luz te acompañará más allá del dolor y la

ausencia

que tu corazón llora.

Cartas del ayer

Volví a leerlas
abandonadas en el sótano
arrugadas
atrapadas en un cofre
moribundas.
Leí una
luego otra…

No eran de amor
eran recuerdos de mi niñez
las escribí en la oscuridad del patio de mi casa
en el pueblo.
El único manto de luz
venía de la luna y las estrellas.

Nunca había escrito una
cerré los ojos
me dejé atrapar por la urgencia de mi alma
de marcar con tinta los momentos tan hermosos
que viví con él.

Lo vi cabalgar en un caballo

blanco

gigante

imaginé su torso desnudo

confundido con la piel brillante del caballo

como una extensión del animal.

Habían pasado años

desde que lo vi partir.

No son cartas de amor

insisto

yo era niña.

Reviven nuestros juegos infantiles

el cansancio después de atravesar

el pueblo corriendo

saltando y subiendo árboles

para demostrar

que no importaba mi género sino mis agallas.

Un día

el pueblo le quedó pequeño

se fue.

Yo dije que me iría después.

Mentí.

Para borrar su recuerdo me casé.

En vez de olvidar
lo amé más
ese amor explotó
y volví a quedarme sola
con su recuerdo.

A diferencia de Penélope
que esperó a Odysseus
no lo esperé
pero si la vida me diera otra oportunidad
me iría con él.

Cogería su mano como cuando niños
y no la soltaría.

Mis manos están cansadas
imagino que las suyas también.
Ya no trepo árboles
me subo a la dimensión de lo posible y lo veo
por la playa
mirando las olas
cuando la ola está en su punto más alto
ha de pensar en mí
en nosotros
en el pueblo

como cuando trepábamos cerros

y perseguíamos sueños

que se quedaron atrapados,

enredados en el viento pesado de una tarde soleada,

allá en el pueblo.

Ese mismo viento que en la dimensión de lo
posible,

le roza la cara mientras mira el mar

y saborea los recuerdos.

Amor perfecto

El silencio de la noche
y la oscuridad de la nostalgia
me llevan a tu sonrisa
a las corridas por pasillos de una casona
grande
vieja
como las momias egipcias.
Jugábamos a las escondidas entre risas y
sobresaltos
de vientos rozándonos la cara
quitándonos la respiración
almas desnudas
arraigadas en la lubricidad nocturna
en el aullido de perros
videntes mudos de seres transparentes
volátiles
sobrenaturales.

Nada nos atemorizaba
tu risa sonaba majestuosa entre paredes raídas
tus pasos de tacón alto

perpetuaban tu silueta

perfecta

llena de vida

tu olfato te trajo hasta mí

ese olfato único

que discernía más allá de los olores

se sumergía en la piel

en los poros

podía distinguir

entre una gota de sudor y tantas otras de dolor

de alegría

de amor

de pasión.

Me decías «mi chivita»

asegurabas que mi olor era diferente

imperceptible a los demás

que solo cuando estábamos juntas

nuestros olores producían una esencia

inolvidable

que podría alegrar incluso al alma más

desgraciada

el secreto de nuestra esencia era el amor.

Nos mecíamos en la hamaca

pasábamos los límites de la casona abrazadas
delirantes de alegría
en el vértigo del vaivén.
Saltabas de la hamaca
corrías a la cocina
donde los frijoles sufrían
a punto de morir achicharrados
bajo la inclemencia de la fogata.
Yo te seguía
no importaba a dónde
te seguía…
Era tu sombra.

Caminábamos juntas al mercado del pueblo
todos los hombres alucinaban con tu belleza
a esa edad escuché los piropos más bonitos
que llegaban a tus oídos como la música
que papá nunca tocó para ti
pero tú siempre anhelaste
y sí
la escuchaste
de otros labios
de bocas extrañas
de seres que no pertenecían
a tu mundo de algodón

a tu reino de flores exóticas
de mariposas monarcas.

Me cogías de la mano
caminabas orgullosa
iluminando el mercado con tu luz
en mi mente de niña cruzaba la idea
de ser como tú
bella
radiante
única.
Un día de verano
te pedí que al marcharte
me llevaras.
Sonreíste con tristeza
dijiste que al marcharte
serías mi ángel de la guarda
que nunca me abandonarías.

Han pasado doce años
desde tu partida
angelito de mi guarda.
Doce años y muchos más que no jugamos
no caminamos juntas
no nos mecemos en la hamaca.

Doce años de verte solo en sueños

te hablo

te miro

pero no te toco.

Doce años de presencia etérea

Doce años de tu amor perfecto.

La niña

Abrazó a la niña
prometió protegerla
ella sonrió
se sumergió en lo más profundo de sí
corrió hacia el espejo
lloró.
¿Cómo iba a protegerla
si aún soñaba con platillos voladores
algas marinas en el patio de su casa?
¿Cómo iba a protegerla
si aún caminaba entre escombros
de árboles quemados
platos rotos
ropa sucia
zapatos enlodados?
Pero la amaba
desde que la recuperó
cantaba canciones de cuna
cocinaba sus platos favoritos
contaba cuentos antes de dormir
la besaba como si fuese a perderla.

Un día
caminando juntas por el parque
lo vieron a lo lejos.
La niña le insistió en volver con él
pero ella
resistente a todo
se paró firme
la miró y dijo
ya no te obedezco
ahora mando yo.

Cuando miro jugar a un niño

Cuando un niño juega
su espíritu vuela sin ataduras
su sonrisa es una llave
que abre su corazón a la vida.

¿Quién como un niño?
¿Quién retrocediera el tiempo
y volara?
El peso de los años
los nudos que se forman
con nuestros dolores
persisten en la melancolía
de la mirada perdida
en la mueca de los labios dubitativos
en el brillo de una lágrima
en la oxidación de los movimientos.
Cuando un niño juega
quiero jugar con él
sacar dolores del alma
aligerar mi cuerpo
romper amarras

liberar mi espíritu

volar… volar…

perseguir el sueño perdido

aferrarme a la vida

al espejismo

que de ella queda, vacía.

Amores perdidos

Eras niña cuando la vida te mostró su lado agrio
cortaron tu cordón con tijeras del desamparo
te echaron al abismo de la noche errante
monstruos
con cabezas diminutas y ojos grandes
te atraparon
quedaste inmóvil vigilando al enemigo
su andar disparejo.

Una voz suave te habló
te cubrió entre notas musicales
de cuerdas rasgadas por un artista
voló el miedo a un nido más lejano
la música siguió en tu oído
como acupuntura en el cuerpo.

Una mezcla de alegría, dolor, nostalgia, soledad y
                                        amor
se cobijó bajo el roble viejo
testigo de lo que el manto negro trae
monstruos con cabezas diminutas de ojos grandes
y de amores perdidos.

El dolor de tu ausencia

Tu voz como un eco
trasciende mis sentidos
mi carne se hace débil
liviana
transparente.
Las luces de la esfera de otra dimensión
titilan en mí espíritu
ahora por completo entregado
a la majestad de tu ausencia
al sacrificio de esta vida tornada en muerte
a la noche de tu partida.

Ya no te veo
solo te escucho
ya no te beso
solo te acaricio
ya no siento tu calor
pero me quema
cada minuto sin ti.

El viento trae tus palabras

se las lleva…
Y yo me quedo en ese vaivén
deshilando sueños irrealizados
construyendo otros que no son de este mundo
que me persiguen como el viento
como tu voz.

El vaivén de tu sonrisa

En el aleteo de tu sonrisa me sumerjo
como el niño en el seno de su madre
bebo del néctar de tu alegría
quieta en los sueños de mi reina
sigo los trazos del amor más grande del mundo
te busco en el alma misteriosa del universo.

En el aleteo de tu sonrisa me quedo
retozo en las horas vagas de mi delirio
miro extasiada tu perfil perfecto
me pregunto cuándo volveré a tenerte
cuándo volveré a sumergirme
en el suave vaivén de tu sonrisa.

10 de mayo

No acababa de amanecer
cuando sentí tu urgencia
por el mundo.
Tu excitación me contagió
y aunque te vi en sueños
me impresionó tu imponente presencia
tu inocente belleza.
Tu llanto me cortó el dolor
me sumergió el alma
en aguas del amor más bello.
Dicen que te separaron de mí
desgarraron el cordón de mis entrañas
pero sigo sintiéndote
atado a mí
al hilo invisible que nos unirá siempre.
El contacto con tu piel
envaneció mi espíritu
aplacó mis temores
como una leona te abracé.
Y así

como el río busca el océano
mi alma se rinde a ti.
Cada día creces y floreces
contagias con tu sonrisa
el horizonte
conviertes todo en humildad.
Eres torrente de vida
que brama en mí
que corre por las acequias de mi huerto
humectas con tu candor todo lo que tocas.
Solo soy instrumento que Dios creó
para traerte al mundo
tú eres la vitamina
que me inyecta vida.

Era un 10 de mayo…

Refugio

La maleta
ligera
como el andar
de los unicornios
su cuerpo tampoco pesaba
a pesar de los 8 meses de embarazo.

Con manos temblorosas
y mirada perdida
expuso la maleta al escrutinio de una máquina
el vip la sobresaltó
con instinto protector
posó sus manos en el vientre.

Pasó seguridad
su mirada tropezó
con la de muchos ojos hundidos y ausentes.
Un dolor imperceptible
recorrió su cuerpo
mientras avanzaba apresurada como
alejando almas extraviadas

como desafiando un destino
que parecía haberse torcido el mismo día
que pisó tierra norteamericana.

Se arrimó a la pared
dejó caer su cuerpo
con el peso de su dolor
fijó su mirada en el infinito
trató de entender si aquel lugar
era refugio o punto muerto
en la historia de su vida
donde contrario a cualquier pronóstico
su cuerpo gestaba vida.

Tu llegada

Cuento los minutos de tu llegada
mezo mis recuerdos en años lejanos
de tu infancia
me pierdo en tu sonrisa
cierro mis ojos
te momifico en el centro de mi corazón
te dejo quieto
balbuceando tus palabras primeras
mirándome con ojos dormilones y soñolientos
me miro en ellos
como en espejos
que nos separan
que nos atrapan
nos hacen uno
como cuando habitabas mi vientre
y navegabas en las aguas serenas de mi amor
eterno y etéreo.

Mi amado

Para mi hijo Matthew

Te miré
vi a un adulto
pensé
¿a dónde voló el tiempo?
¿cuándo el minuto en que dejaste de
jugar con el chu chu tren?

Tal vez la respuesta está en el chu chu tren
tal vez todos subimos en esa máquina azul sin
                                          paradas
tal vez cerramos los ojos
dejamos que el tiempo nos llevara
a lugares
personas
situaciones desconocidas
más allá de nuestra imaginación.

¿Cuándo sucedió?
Has crecido en un parpadeo
tan lejano como un mar

tan profundo como mi amor...
Ahora eres un adolescente
«no me molestes»
dices
«déjame en paz»
dices
y otras frases...

La próxima parada del chu chu tren está muy

cerca

hay una donde mi alma permanece
donde te veo llorar por un juguete
pasando la lengua a un poste del parque
corriendo tras el carro de helados
caminando en las nubes de mis sueños.

Tú sigues ahí...
No importa tu altura
la dimensión de tus zapatos
la talla de tu ropa
serás siempre mi amado
mi paraíso perdido
quien riega las hojas secas de mi árbol,
el pasto amarillo de mi jardín.

La mariposa y el pequeño caterpillar

Si el caterpillar pudiera hablar
diría que arribaste a este mundo
envuelta en sangre
con dificultad al respirar
que tu primer espasmo cósmico
fue el contacto con la luz
que te provocó el llanto irreverente
de la rebeldía y la inconformidad.

Con el tiempo
así como el caterpillar
te transformaste en mariposa
levantaste vuelo y te despediste
del pueblo
de las carreteras
de los chicos del barrio
las amigas de la escuela.
Buscaste el néctar de la felicidad
en árboles equivocados
volaste cada vez más alto
desafiaste vientos

tormentas

huracanes

y tu destino de pueblo.

Auscultaste nuevos horizontes

el rumor salado de aguas atlánticas

te atrapó en la ninfa de la noche

doblegaste tu orgullo

te confundiste en la multitud

de almas etéreas

sin rostro

la mariposa de colores

perdió el equilibrio de su vuelo

cuando tropezó con la cigüeña

una tarde oscura de verano.

Continuaste el vuelo en la oscuridad

ya no estabas sola

un pequeño caterpillar respiraba tu vientre

atravesaste montañas muy altas

con las alas quebradas

el corazón atrapado en tu garganta gitana

no paraste

el dolor de la ausencia te anestesió el alma

en su lugar estaba el amor de un nuevo ser

abrigado en tu vientre.

Encontraste ángeles
te dieron asilo y protección
seres de luz te abrieron las puertas
de un mundo compasivo
caritativo y amoroso
te recordaron a tu madre
al hogar que dejaste
buscando en otros mundos
en otros seres.

Cuando el pequeño caterpillar nació
tuviste la certeza
era él a quien buscabas
en árboles equivocados
en calles zigzagueantes
repletas de payasos con máscaras.

El pequeño caterpillar necesitaba un hogar
te lanzaste a una aventura
que nunca estuvo en tus sueños
ni en tus noches de insomnio
atravesaste la línea de tu propia imaginación
echaste raíces en el patio ajeno de tu ser.

Después tus alas se quebraron
dejaste de soñar
quedaste atrapada en ese patio solitario
de flores marchitas y árboles cansados
un día despertaste
si seguías regando
la tierra de tus ilusiones muertas
tu pequeño caterpillar nunca sería
una bella mariposa.

Y te fuiste…
cogiste tu retoño
levantaste vuelo
para salvarte
para salvar
a tu pequeño caterpillar.

De gusano a mariposa

Me miro a través de tus ojos
como en espejos que desnudan mi alma.
Atravieso el puente
que tu mirada me invita a recorrer
sin lágrimas
ni quejas
con un dolor que corta mi sangre
y ahoga el latir de mi corazón.

Te miro a través de tus ojos
caminando en círculos
sin saber dónde detenerte
o hacia dónde avanzar.

Pareces perdido
afligido
otra versión de mí
la opuesta
cuando eres un clon
de mi esencia
de mi rareza

de mis miedos y vacíos.

Sigo cruzando el puente y te veo
al final
de pie
en traje formal

La expresión de niño desapareció de tu rostro
una sonrisa pícara se dibuja
para mostrar esos dientes de perla.
No cambia tu mirada ausente
un poco perdida.

Eres el regalo que la vida me dio
te has convertido en mi maestro
el ser que salió de mi ser
me enseñas lecciones de vida.

Dios me envió este regalo
convertido en mi todo
por quien me transformo
de gusano a mariposa.

Max

Por tu andar veo
ya no eres un cachorro
aunque tu mirada juguetona
diga lo contrario
tu pelaje ha sido muchas veces
destinatario de mis lágrimas
tu calor me envuelve
en una ráfaga de amor incondicional
difícil de sentir con humanos
ya no corremos al parque
caminamos
me alineo a tu andar cansado
nos echamos en el césped
abrazamos la naturaleza
bajo la sombra de Rafael
sus raíces profundas.
Haces un esfuerzo
te levantas.

Yo te sigo
no sé quién camina a quién

somos un solo caminante

una sola voz

una sola alma.

Rafael

El césped húmedo
se mueve mientras avanzo
moja mis pies desnudos
esa mezcla de frescura y
humedad se disemina
por todo mi ser.

Rafael me espera
su tallo macizo
se ha encorvado
con el paso de los años
me sonríe desde la inmovilidad
de sus raíces
como lenguas litigiosas
que invaden la vida ajena.

Toco la aspereza de su superficie
siento la suavidad de su corazón
al abrazarlo
su contacto es como un puente
que me acerca a su luz

la fuente de amor que no tiene labios
pero besa
no tiene brazos pero te funde en su ser
no tiene piernas pero te carga
para aliviar tus penas.

Es un instante mágico
una puerta a otra dimensión
una carcajada que se pierde
entre el suspiro y la esperanza
de un horizonte pleno de luz
y muchos Rafaelos
con raíces
con alas en el viento.

MUJER

La roca

Una piedra

en lugar del corazón

no late

no vibra

no sufre

tampoco ama

es fría

solitaria

ausente

busca su propia satisfacción

el placer de la carne

no hay ríos que la rieguen

ni montañas que la atraviesen

solo un pedazo de carne

sin la emoción del asombro

es piedra cóncava

a lo lejos se confunde

con un nido ardiente

mas

si te acercas descubres

solo un pedazo de roca

indiferente
aunque volaras
nunca alcanzarías
ni siquiera su rastro.

Energía

Tu energía
lo mueve todo
como un huracán
como un sismo.

Desatas los nudos que
atan mi ser a memorias desoladoras
me liberas
y me orillas a la felicidad.

Tu energía trastorna mis sentidos
me vuelvo nada
entre tus brazos
que me atan y desatan
en un juego
de energías
arrebatadoras.

Seres mutantes

Una mano extraña me transformó
su pincel recreó otro ser
desde hace veinte años…

Esa mano
de poderes extrasensoriales
captó el cambio exterior e interior
diseñó una obra de arte
proyectada en la mirada
en la sonrisa
en la postura
lo que el alma quiere ocultar.

Pensé que éramos seres asimétricos
que la esencia nos mantendría unidos
que esos riachuelos de aguas negras no nos
                                      destruirían
porque la vertiente era cristalina…
Soñé con el Paraíso
nunca pensé
en el veneno de la manzana prohibida.

Los riachuelos nos dividieron
desembocaron en otros mares
buscaron una felicidad perdida.
Esa mano me dibujó una sonrisa
puso luz en mis ojos
dio gracia a mi postura.

Somos mutantes en un mundo mutante
extraviados
inventando momentos para atrapar en la
                                    memoria.

Que algún día una mano extraña y talentosa
nos dibuje la alegría en un lienzo blanco
con el tiempo se hará gris
como la sonrisa
como la vida.

Voces

Me llaman voces
susurran palabras inteligibles
son ecos de otras vidas
de mundos paralelos
colisionan en mi alma
despiertan fantasmas
luces de otoño
amaneceres de verano
noches de invierno.

El frío me recuerda a tus manos heladas
el tic de tu voz apagada
te dejé ir como a un cuerpo etéreo
una pluma en el viento.

Me llaman voces
la tuya entre ellas
y te sigo hasta el filo de la locura
te miro desde la orilla
siento tu aliento
tu andar

tu tic nervioso en mi garganta.

No tengo el valor de encontrarte
y dejar que el vértigo me atraiga
no tengo fuerzas para una última aventura
para lanzarme
para buscarte.

Así como te solté una mañana de primavera
así te perseguiré en la noche de mi abandono
cuando el vértigo venza
y las voces se apaguen.

Corazón perdido

Estabas detrás de la espuma
que cubría el sendero pedregoso
de mi pueblo.

Parecías lejano
intenté tocarte
anhelante y con el corazón palpitante
no te alcancé.

Avancé en mi quimera de atraparte
para siempre en mi regazo
oler tu aroma hasta embriagar
mis sentidos
olvidé que eres inalcanzable y fugaz
como el viento
como la espuma
que te arropa
que te ahoga.

El árbol y las luces

Las luces se prenden
en medio de la oscuridad
del silencio
se apagan y se encienden
como si parpadearan a ritmo acelerado
gesticulando voces no pronunciadas
pensamientos agolpados en el vaivén de la vida
en la máquina aniquiladora del cerebro.

Al encenderse
las luces muestran la belleza
del árbol que se erige
rozando la estrella dorada
las luces como alambres de púa
acorralando ramas de pino
que eluden las cadenas
y el calor de las luces.

Acalorado y desgastado
el árbol empieza a jorobarse a inicios de enero
sus ramas atrofiadas y semidesnudas

piden libertad y clemencia
ante el vacío de regalos y emoción infantil.

Quiere dormir
quiere olvidar
que su vida entre paredes dura poco
que el amor y la atención
se han extinguido como la Navidad
en anhelos de niños descalzos
cuya alegría es mirar luces de árboles
a través de las ventanas del barrio
del otro lado del alambrado
del otro lado de su mirada triste
del otro lado de su estómago vacío.

La búsqueda

Te busqué en el andar errático
de mis noches de insomnio
iluminé el túnel de memorias perdidas
incrusté tu mirada entre el hoy y el mañana
para dibujar tu sonrisa en el mar
no recuerdo cuándo te divisé
escurridizo
deslizándote despacio por el vientre anhelante
de vidas en dimensiones cerradas
espacios vacíos.

Perseguí tu silueta distorsionada
por zonas astrales
me dejé llevar por el pálpito de un corazón
en la utopía de un amor real
navegué inconciencias
te imaginé en mis brazos
desnudo como un recién nacido
te abracé el alma
para no estropear tu cuerpo
balbuceé palabras inconcebibles

ininteligibles
de amor
de perdón y de ausencia
pretendí llenar ese vacío
siglos de dolor
de no tenerte
y atraparte en mis entrañas
arraigadas en el tiempo
en dimensiones etéreas.

Al despertar no te hallé
me revolqué en nostalgia
te llamé desde cimas de montañas
mi voz fue el eco que se anidó en el tiempo.

Volveré a verte
volveré a abrazarte
arrullarte en mi seno
sentirte
te quedarás.
Sentirás el olor de mi piel como si fuese tuyo
nos confundiremos en uno
y aunque la tierra se parta
seguiremos siendo uno.

Ese día
dejaré de buscarte…

Confesión

Confieso que no soy perfecta
como las hojas amarillas y rojas del otoño
como las flores moradas
rojas y rosadas de la primavera
como el amanecer anaranjado de mis sueños
y la cortina corrediza de la caída de la tarde.

Confieso que pensé que aligerando el paso
llegaría primero
que al no mirar atrás
olvidaría mis dolores y tristezas
que cerrando los ojos
no vería mi oscuridad.

Confieso que el baile me atrae
me seduce
la belleza me ciega
lloro por las noches
y rezo en las mañanas.

Confieso que te amo

Señor mío
iluminas mi andar perplejo
sin tu luz
mis sueños se habrían anclado
en el mar del olvido.
¡Eres mi prioridad!

Silencio

Gritos desgarradores
por la casa
espantando pájaros
persiguiendo culpas
presagiando nubes negras
atrapadas en el tiempo
apagando vidas en vientres
de mujeres sin rostro
sepultando sentimientos
instaurando silencios
como un arma
contra culpa y pecado.
Los gritos ceden el espacio al llanto
el llanto al vacío
el vacío al silencio.

Reverso

Somos dos caras de una misma moneda
dos caminos juntos
en simetría
que el uso fue torciendo
hasta reducirlos a agonía.

Así empezamos
con el rostro de la alegría
con los sueños
hasta que nos descubrimos
hiriéndonos
llorando
dejando fluctuar el silencio
sin el coraje de reconocer
que fracasó la armonía.

Espejismo

La tristeza es un pozo
es fácil hundirse
navegar esa corriente
contraria a la felicidad.

Te soñé cuando era niña
sonreías al mirarme
acariciabas mi rostro con ternura
me abrazabas con la intensidad del adiós
me besabas con la dulzura del amor.

A medida que crecí
te fuiste alejando
decidí buscarte en otros mares
en otras tierras
me quedé con tu recuerdo.
Un día desperté
en el sopor de la nostalgia
me atrajo el imán de la tristeza
me hundí en sus entrañas
me refugié en su abrazo frío.

Te perdí
a pesar de que nunca te tuve
fui viuda del amor de mis sueños
abandonada por recuerdos inexistentes
enajenada en el paraíso del espejismo
de una vida contraria a la felicidad.

Colapso

Tus labios en mi piel
absorben mi aroma
sacuden mis sentidos
me retuerzo
colapso de placer
arribo al puerto de nuestros sueños
nos derrumbamos en espasmos delirantes
de arco iris
que explotan
extasiados de pasión
despojados de misterios.

Paraíso perdido

Dejé de pensar en ti.
Caminé por arena movediza
y no te encontré.
Pensé que sentiría un vacío
en mi corazón
solo encontré rosas
azucenas
girasoles.
Todos vestían colores más alegres.
Mi jardín era el paraíso perdido
el mar rojo abierto a la esperanza
a una vida nueva
a un nuevo amor.
Extendí mis alas
volé alto
percibí
la respiración de los ángeles
el susurro de San Pedro
la caricia de Dios.
Nada podría volver a quebrar mis alas
ni destruir mis sueños.

Era la dueña de mi destino
el mar rojo me atraía
no al vértigo
a la vida.

Pandemia

He vuelto al cuarto de los recuerdos
esos fantasmas retorcidos
volátiles
contorsionados
con cuevas profundas
donde esconden las pupilas del dolor y la soledad.
Me atraen y me sumergen en sus aguas lodosas
tan negras y malolientes
como las alcantarillas de los trenes de Nueva
                                        York.
Cuando caigo en sus redes
siento el vértigo del abismo que me llama
me busca e inquieta con su voz melancólica.

Mis pasos persiguen ese sonido de tambores
me dejo llevar
cierro los ojos
imagino la música delirante
y el son de caderas atrapadas en la sensualidad del
                                        momento.

Cuerpos vibrantes

bocas desafiantes que murmuran un bolero

que se pierde en el horizonte.

Pienso es el fin.

La pandemia contaminó mi alma

el encierro me arrojó al espejo de la realidad

escondida por años en el día a día

siento su aroma

su bullir

su respiración atrapada con la mía.

No somos los cuerpos de antes

han pasado 20 años

muchos riachuelos de maltrato nos separan.

Hago mis maletas

sin mirar atrás la avenida paralela de nuestros

sueños

los días felices de una cena deliciosa

del vino más exquisito

servido con el toque elegante del chef

que quiere culminar su obra artística

con el sabor perfecto.

Lo empaco todo con los ojos cerrados

conozco cada detalle

cada forma

cada olor

cada textura.

No miro más la calle 13.

No pierdo el tiempo cortando la maleza del patio

cuando sé que va a volver a salir.

Me marcho.

No he ganado una guerra

no he ganado nada

siento la brisa caliente del verano quemando mi

                                                piel

hurgando mis sentidos

metiéndose en mi alma

y río

canto

como si hubiera vuelto a nacer.

Tal vez sí gané

me volví a encontrar conmigo

me había perdido

y la pandemia me encontró.

Sombra

La observo frente a mí
no la reconozco.
Se parece a alguien cercano
su mirada es profunda
triste e infinita
su sonrisa no existe
su frente fruncida
dice que no es feliz
algo la perturba
su cabello es hermoso
algo en ella me duele.
No es mala
es mi sombra
alguien que nunca
habría escogido ser.

Abeja reina

Atrapada en el silencio
como una lágrima
envuelta en un pañuelo
absorbida
desgastada y olvidada.

El vacío se ha instalado en mi alma
en las hendijas de mundos extraviados
rostros con máscaras
pretendiendo ser quien nunca fui.

El tic tac que nunca se detiene
anuncia que las máscaras envejecieron
que la luz de sus ojos se apagó
que la sonrisa se volvió mueca
burla despiadada
falsas palabras.

El reflejo de quien fue mi amigo
muestra grietas
como símbolos arqueológicos

de una belleza efímera y banal
que se aleja cínica
dejando las manos temblorosas
los párpados caídos.

Yo era la reina abeja
de un palacio de azucenas que el viento se llevó
niña descalza que trepaba árboles
nadaba en el mar
adolescente soñadora
ambiciosa
mujer fuerte de cabello largo
y mirada profunda.

Subí la montaña de mis fantasías
me embriagué con las vueltas de la vida
perdí el contacto con la realidad
bajo los ojos verdes
de quien nunca me quiso
levanté vuelo
para no quedarme en los recuerdos
pero la noche me atrapó
y el tiempo me acabó.

Matices

El niño no creció
se arremolinó dentro de su ser
como el caracol se enreda en
su propio cuerpo.

Pasaron los años y se hizo hombre
su voz infantil persistió en su alma
la angustió
con historias de dolor.
Cuando el niño dormía
el hombre sonreía
bailaba
cantaba como ruiseñor
cuando el niño despertaba
el hombre dormía.

El niño se apoderó de su cuerpo crecido
sacó su dolor con gritos
pataletas
llanto
rencor y odio.

El niño era infeliz
y el adulto también.

Ruido-VIDA

El ruido de la vida
para unos es fiesta
para otros tormento
viacrucis.
Las palomas me susurraron:
muévete al son de los tambores
no dejes que el mundo te lastime
ríe y goza de la fiesta
porque se acaba
y solo habrá silencio
sepulcro.

Convierte tu mueca en sonrisa
sé compasiva con tus semejantes
no sabes si llevan dentro fiesta o velorio.

Camina erguida
háblale a flores y a animales
seres vivos como tú
que sienten
que palpitan

que tienen el don de alegrar tu alma
gracias a esa conexión con Dios.

Come fruta fresca
escucha la música
siéntela
que tu cuerpo flote
que tu alma se eleve
abandona la carga
levita
como una pluma.
Eres abeja reina
vida
diosa de tu destino
aureola de luz
la fe misma
baila al son de los tambores.

Ausente

La mente en blanco
congelada
nieve convertida en roca
inaccesible
solitaria
incapaz de descifrar su propio dolor
de ver una salida.
Espejos de luces enceguecedoras
muebles colgantes de una historia
mal contada
ángeles caídos en el mar
de la ignorancia
duendes en la oscuridad
de tu alcoba
verdades torcidas
en el sopor de una tarde de ocio.

Camino descalza
desnuda y ausente
entre hojas caídas de árboles
y la lava ardiente de mi ser.

Viaje sin retorno

Leí en tus ojos glaciales
desamor
levanté el vuelo.
El olor a tierra mojada
me atrajo a la antesala del infierno
no hay dolor más grade que el del desamor
ni llanto más profundo que el de la indiferencia.

Caminé abrazada a una ilusión
sorteando el fuego bajo mis pies
tratando de volver a volar.
El cielo se abrió
y la luz del sol
emergió de entre nubes del ayer
calor subió por mi piel
y mis alas retornaron a la vida.

Crucé un océano de dudas
surqué la tierra mojada de mis pecados
subí hasta lo más alto de mi consciencia
para recordar que nada soy

pieza diminuta en el horizonte infinito
de la grandeza de Dios
ningún sueño atrasado perturbará
mi viaje a la vida
al amor.

Memorias del cuerpo

Reviví las memorias de mi cuerpo
abrí tumbas
como abrir heridas.
Navegué en la piel
de mis antepasados
como mi propio río
sentí sus dolores
sus ausencias
me encaramé en sus sueños.
Sueños sepultados bajo tierra
ecos de risas perdidas
lágrimas fútiles y secas
como huesos descompuestos
mezclados con la tierra.

Todo se perdió
túnel de la muerte
excepto las memorias
volaron de piel en piel
de generación en generación
semidormidas

semiatrapadas

esperando que el silencio las resucite

las libere

las sane

para volver sin ataduras

sin carga ni dolor

como niños que juegan en el parque.

Fugacidad

He vuelto de un mundo
de castillos rosa y prados violeta
por donde caminé descalza
desnuda
sin miedos
sin culpas
ni vergüenzas
flotando ligera
a la par del viento helado
parecido a NY en invierno.
En ese mundo
de líneas invisibles
donde no existe frío ni calor
solo lluvia que moja el alma
días maravillosos
de una vida única y perfecta.

Al filo de la montaña
cerca del precipicio
me encontré
descubrí que no estaba vacía

por mis venas corría sangre

mis extremidades se movían

ligeras como plumas de avestruz

la consciencia no pesaba

las cargas del pasado no existían

el dolor era inspiración

para la música más triste

que mi ser fue capaz de concebir.

Me amé

me acepté

volé por sobre el precipicio

no había diferencia entre el cielo y la tierra

entre volar y caminar

la única diferencia habita en la mente

en el corazón humano

tan fugaz como la vida

y muchos se han ido

sin conocerla.

Agradecimiento

Si es por agradecer
el día sería corto
como caminar el infinito
y perderme.

Sería como contar ovejas
confundirme con ellas
con su blancura
su andar perezoso
perder la cuenta
sabotearme
para empezar de cero.

Agradecer a la vida sería
como contar estrellas
inalcanzables
mezclando sueños y realidades
revolcándome en la orilla de la playa
para saber que estoy viva
sentir el agua salada de un atardecer
sobre la piel desnuda

que palpita
al ritmo de las olas
al sabor de tu boca.

Te agradezco vida
el aleteo de las mariposas
los amores esporádicos
escurridizos
espontáneos
los brazos invisibles que me acurrucan
me mecen
me salvan
la esquina poblada de lenguas desconocidas
el aroma del café
el hijo que no esperaba
cuando habitaba en la calle de la nada
y ahora es el centro de todo
te agradezco el legado de sabiduría
que dejaron quienes se fueron
te agradezco por quienes se han quedado
cuyo afecto se convierte
en caricia
en un amanecer soleado.

Camino descalza

por la línea equinoccial
regreso a mi infancia
a reencontrarme con la niña
para ver a mi madre
saltar a su vientre
como un salto al vacío
al ayer
al amor.

Nostalgia

Burbujas
en tu cuerpo
nieve
en los surcos de memorias lejanas
pies descalzos
agrietados y dolorosos
respiran inquietos
cansados
despojados del pasado
perplejos de un futuro
que se desliza en las esquinas
en pasadizos impunes.
Pensé que te amaba
detuve mi andar
me colgué de tu alegría.

Desnuda

El espejo está sucio.
El polvo ha cubierto el barniz de sus filos dorados
la imagen está distorsionada
incongruente
como una sombra
como un cuervo sin alas.

Luce triste y solitaria
como un témpano
que logra sobrevivir
al calentamiento global
el único que emerge
del charco que un día fue su imperio glacial.

La imagen se acerca
como temiendo romper el vidrio
y desaparecer en pequeñas piezas
esparcidas por la casa
imposible de reconstruir.

Moja su dedo con el agua

que brota de sus grandes ojos negros
limpia el vidrio
se despoja de sus ropas y se toca
como si la imagen
correspondiera a otra.

Se mira fijamente
trata de sonreír, pero no puede
excava en su mente el último recuerdo
de su sonrisa
y se traslada en el túnel del tiempo
a los antes y después de su existencia
para reencontrarse consigo
para abrazarse desnuda
para reinventarse como tantas veces
para volver a sonreír.

Una brisa fresca levanta polvo
se lleva las cargas
los miedos
traumas y dolores…
La imagen es nítida
su cuerpo parece de porcelana
su piel
la autopista sin tráfico.

La mujer del espejo sonríe
ella responde con un ha ha
una risa contagiosa
que brota del alma
de un amanecer sin lluvia.